# ALPHABET

### DES

## RÉCRÉATIONS ENFANTINES

#### PAR

## A. DES TILLEULS

Illustré de 30 Gravures par GERLIER

## PARIS

### BERNARDIN-BÉCHET ET FILS, LIBRAIRES-ÉDITEURS

53, QUAI DES GRANDS-AUGUSTINS, 53

LA LEÇON DE LA MAMAN

# ALPHABET

---

## LETTRES MAJUSCULES

A B C D E

F G H I J

K L M N O

P Q R S T

U V X Y Z

a b c d e f g

h i j k l m n

o p q r s t u

v x y z

VOYELLES

a e i o u

CHIFFRES

1 2 3 4 5 6 7 8 9 0

MOTS D'UNE SYLLABE

| | | | | | | |
|---|---|---|---|---|---|---|
| ba | be | bé | bè | bi | bo | bu |
| ca | ce | cé | cè | ci | co | cu |
| da | de | dé | dè | di | do | du |
| fa | fe | fé | fè | fi | fo | fu |
| ja | je | jé | jè | ji | jo | ju |
| la | le | lé | lè | li | lo | lu |
| ma | me | mé | mè | mi | mo | mu |
| na | ne | né | nè | ni | no | nu |
| pa | pe | pé | pè | pi | po | pu |
| ra | re | ré | rè | ri | ro | ru |
| sa | se | sé | sè | si | so | su |

## MOTS DE DEUX SYLLABES

| | | | |
|---|---|---|---|
| pa pa | a dieu | ty rol | an cien |
| ca nard | so leil | zé ro | bon jour |
| hi ver | fa got | sa lut | por trait |
| buf fet | é mail | a zur | fau teuil |
| vi lain | gaî té | cail lou | cha peau |
| en nui | bar bier | ou til | ma man |
| chi nois | re quin | ne veu | bis cuit |
| sa goin | bu tor | oc troi | bou chon |

## MOTS DE TROIS SYLLABES

| | | |
|---|---|---|
| mi né ral | é pa gneul | cam pa gnard |
| ca va lier | sa pa jou | bil bo quet |
| ré si du | é per lan | va ga bond |
| é ter nel | ca na ri | fri can deau |
| cor ri dor | ad jec tif | im pri meur |
| a ve nir | ef fron té | man ne quin |
| go be let | pa ra sol | au jour d'hui |
| a vo cat | re po soir | cou ra geux |

## ANE

Hi han! Qui veut monter sur l'âne? C'est une bonne bête qui ne fait de mal à personne et qui supporte les mauvais traitements sans jamais s'en venger. C'est bien amusant d'aller à âne, à Montmorency, pendant la saison des cerises.

## BALANÇOIRE

Je n'irai plus sur la balançoire, parce que j'ai manqué de culbuter tout à l'heure.

— Viens, Mélanie, allons faire des bulles de savon, c'est bien moins dangereux ; je vais aller demander du savon à maman et une pipe à papa.

## COLIN-MAILLARD

Le colin-maillard est un jeu qui amuse les grands et les petits enfants. Celui qui a les yeux bandés ne doit pas courir trop fort, afin de ne pas se casser le nez; quand il rencontre un obstacle, on doit lui crier : casse-cou !

## DINETTE

Cousins et cousines ayant été bien gentils, font la dinette ensemble ; ils croquent en ce moment des gâteaux, des nougats et se régalent de confitures.

Soyez sages comme eux, mes enfants, et vous ferez la dinette aussi.

## ÉVENTAIL

Voyez cette petite coquette qui se donne déjà des airs de grande demoiselle avec son éventail : ne dirait-on pas la marquise de Carabas ? Les personnes qui la regardent se moquent d'elle, et ses cousins s'en amusent beaucoup.

## FRÈRE ET SŒUR

Frère et sœur viennent souhaiter la fête à leur bonne mère. Georgette apporte un gros bouquet de fleurs des champs ; Alexandre va réciter un compliment qu'il a composé tout seul et qu'il a écrit sur une belle feuille de papier blanc.

## GRAND SPECTACLE

Accourez, petits garçons et petites filles, venez assister à la grande représentation donnée par M. Gustave sur le dossier d'un fauteuil ; vous y verrez la terrible bataille de Polichinelle avec monsieur le commissaire et le diable qui l'emporte.

## HISTORIETTE

Il était une fois une mouche qui mangeait un fromage, survint un canari qui dévora la mouche ; un chat vint aussitôt croquer le canari ; mais le chien à son tour a déchiré le chat. Qui maintenant mangera les souris et les rats ?

## IMAGES

Voici le marchand d'images. Julien en voudrait bien acheter une. Il cherche dans sa poche, espérant encore y trouver un sou ; comme il a dépensé tout son argent chez le pâtissier, le gourmand n'aura pas d'image.

## JEANNE

Jeanne est bien fâchée parce que Polichinelle, en gesticulant, a donné un grand coup de sabot dans le visage de mademoiselle Lili, sa belle poupée. La petite fille emporte Lili loin du brutal, et se promet de ne plus jouer avec lui.

## KIOSQUE

On trouve des kiosques dans tous les jardins publics et des jouets dans tous les kiosques. Ce sont les Chinois qui ont inventé ces élégantes cons- tructions, tant aimées des enfants. Marie vient d'y trouver un jouet pour Marguerite.

## LAITERIE

Les vaches sont de bonnes bêtes qui nous donnent un lait délicieux, avec lequel on fait de la crème, du beurre et du fromage. Rien n'est meilleur que le lait chaud : demandez ce qu'en pensent Ferdinand et Lucile.

## MARCHANDE

Qui veut des macarons frais du jour ? Approchez, ma gentille demoiselle, et venez tenter la fortune : si vous êtes malheureuse, vous ne gagnerez que six macarons pour votre sou ; si la chance vous favorise, vous en aurez vingt.

## NACELLE

Rendez ces oisillons à leur pauvre mère et allez vous promener sur l'étang. Voilà Berthe et son frère Louis qui viennent vous chercher.

Restez bien tranquilles dans le bateau et ne vous penchez pas tous du même côté.

## OSCAR

Oscar, ayant trouvé un hanneton dans l'herbe, le montre à ses amis Victor et Paulin; les trois enfants suivent les évolutions de l'insecte et lui chantent la chanson consacrée : Hanneton, vole, vole, et tu auras la clef des champs.

## PETITS ARTISTES

Voici Eugénie qui donne une le-
çon de piano à M<sup>lle</sup> Dédelle, sa poupée. Pendant ce temps, Félix colorie
une feuille d'images qu'il se pro-
pose d'offrir à sa maman. Jeannette,
la servante, les regarde et trouve
qu'ils ont bien du talent.

## QUADRILLE

La danse est un plaisir que l'on goûte à tout âge ; mais c'est aux jeunes gens qu'elle convient le mieux. Sautez, tourbillonnez, foulez l'herbe nouvelle, l'exercice entretient la force et la santé : En avant deux, élancez-vous.

## RONDEAU

Quand on n'a pas d'orchestre à sa disposition, on danse en s'accompagnant de rondes paysannes. Les mamans, pour amuser leurs bébés, sont les premières à donner l'exemple, et, sous la charmille, on danse aux chansons.

## SONNEZ CLAIRONS

Sonnez clairons, battez tambour. Debout, jeunes et vieux, courez à la frontière et repoussez l'ennemi qui veut nous envahir. Dès qu'un enfant peut bégayer une prière, on doit lui apprendre à connaître sa patrie et à la chérir.

## TAPIS

Puisqu'il fait mauvais temps et que vous êtes des enfants soigneux, Maxime et Rodolphe, vous aurez la permission de jouer dans le salon; mais gardez-vous de rien endommager en faisant rouler votre toupie sur le tapis.

## UN

C'est le numéro un qui vient de sortir de l'urne ! il a gagné le gros lot qui consiste en un superbe cheval mécanique. C'est Alfred qui a le bon numéro ; il est bien satisfait ; Sophie qui n'a rien gagné n'est pas contente du tout.

## VÉLOCIPÈDE

Voltige sur la raquette, léger volant, et voyons combien de fois tu bondiras dans les airs avant de retomber sur le sol. Prenez garde à vous, mes jeunes demoiselles, voici deux vélocipédistes qui arrivent à grande vitesse.

## XAVIER

M. Xavier a l'honneur de faire part à ses amis et connaissances, que son grand opéra est enfin terminé. La première représentation aura lieu prochainement. Les artistes répètent en petit comité une pièce très-amusante.

## YOLE

Tous les dimanches et tous les
jeudis, on voit beaucoup de navires
sur les bassins des promenades pu-
bliques. Les collégiens profitent de
ces jours de congé pour lancer à la
mer leurs yoles et leurs vaisseaux
de guerre.

## ZOUAVE

Le brave zouave Laramée a conduit les enfants de son capitaine au Jardin des Plantes ; il leur montre une espèce d'âne rayé, appelé zèbre. Cet animal n'est d'aucune utilité parce qu'il ne veut obéir à personne.

# TABLE DE MULTIPLICATION

| | | | | | | | | |
|---|---|---|---|---|---|---|---|---|
| 1 fois | 1 fait | 1 | 4 fois | 1 font | 4 | 7 fois | 1 font | 7 |
| 1 — | 2 — | 2 | 4 — | 2 — | 8 | 7 — | 2 — | 14 |
| 1 — | 3 — | 3 | 4 — | 3 — | 12 | 7 — | 3 — | 21 |
| 1 — | 4 — | 4 | 4 — | 4 — | 16 | 7 — | 4 — | 28 |
| 1 — | 5 — | 5 | 4 — | 5 — | 20 | 7 — | 5 — | 35 |
| 1 — | 6 — | 6 | 4 — | 6 — | 24 | 7 — | 6 — | 42 |
| 1 — | 7 — | 7 | 4 — | 7 — | 28 | 7 — | 7 — | 49 |
| 1 — | 8 — | 8 | 4 — | 8 — | 32 | 7 — | 8 — | 56 |
| 1 — | 9 — | 9 | 4 — | 9 — | 36 | 7 — | 9 — | 63 |
| 1 — | 10 — | 10 | 4 — | 10 — | 40 | 7 — | 10 — | 70 |
| 2 fois | 1 font | 2 | 5 fois | 1 font | 5 | 8 fois | 1 font | 8 |
| 2 — | 2 — | 4 | 5 — | 2 — | 10 | 8 — | 2 — | 16 |
| 2 — | 3 — | 6 | 5 — | 3 — | 15 | 8 — | 3 — | 24 |
| 2 — | 4 — | 8 | 5 — | 4 — | 20 | 8 — | 4 — | 32 |
| 2 — | 5 — | 10 | 5 — | 5 — | 25 | 8 — | 5 — | 40 |
| 2 — | 6 — | 12 | 5 — | 6 — | 30 | 8 — | 6 — | 48 |
| 2 — | 7 — | 14 | 5 — | 7 — | 35 | 8 — | 7 — | 56 |
| 2 — | 8 — | 16 | 5 — | 8 — | 40 | 8 — | 8 — | 64 |
| 2 — | 9 — | 18 | 5 — | 9 — | 45 | 8 — | 9 — | 72 |
| 2 — | 10 — | 20 | 5 — | 10 — | 50 | 8 — | 10 — | 80 |
| 3 fois | 1 font | 3 | 6 fois | 1 font | 6 | 9 fois | 1 font | 9 |
| 3 — | 2 — | 6 | 6 — | 2 — | 12 | 9 — | 2 — | 18 |
| 3 — | 3 — | 9 | 6 — | 3 — | 18 | 9 — | 3 — | 27 |
| 3 — | 4 — | 12 | 6 — | 4 — | 24 | 9 — | 4 — | 36 |
| 3 — | 5 — | 15 | 6 — | 5 — | 30 | 9 — | 5 — | 45 |
| 3 — | 6 — | 18 | 6 — | 6 — | 36 | 9 — | 6 — | 54 |
| 3 — | 7 — | 21 | 6 — | 7 — | 42 | 9 — | 7 — | 63 |
| 3 — | 8 — | 24 | 6 — | 8 — | 48 | 9 — | 8 — | 72 |
| 3 — | 9 — | 27 | 6 — | 9 — | 54 | 9 — | 9 — | 81 |
| 3 — | 10 — | 30 | 6 — | 10 — | 60 | 9 — | 10 — | 90 |

9535-87. — CORBEIL. Imprimerie CRÉTÉ.

www.ingramcontent.com/pod-product-compliance
Lightning Source LLC
Chambersburg PA
CBHW061612180626
46818CB00005B/2049